지리산 성삼재에서 만난 섬

2022 장애인 창작집 발간지원 사업 선정 작품집

지리산 성삼재에서 만난 섬

1쇄 발행일 | 2022년 12월 20일

지은이 | 백국호
펴낸이 | 정화숙
펴낸곳 | 개미

출판등록 | 제313 - 2001 - 61호 1992. 2. 18
주소 | (04175) 서울시 마포구 마포대로 12, B-103호(마포동, 한신빌딩)
전화 | (02)704 - 2546
팩스 | (02)714 - 2365
E-mail | lily12140@hanmail.net

ⓒ 백국호, 2022
ISBN 979 - 11 - 90168 - 55 - 7 03810

값 10,000원

발행기관 | 장애인인식개선오늘 **(042)826-6042**
주최 | 장애인인식개선오늘(고유번호 305-80-25363. 대표 박재홍)
주관 | 대한민국 장애인 창작집필실
심사 | 발간지원 사업 심사위원회
후원 | 대전광역시, 대전문화재단, 갤러리예향좋은친구들, 문학마당, 한국장애인
　　　문화네트워크, 드림장애인인권센터, 대전광역시버스사업운송조합, (주)맥
　　　키스컴퍼니, (주)삼진정밀

문의 | (042)826-6042

지리산 성삼재에서 만난 섬

백국호 시집

개미

  지난해 12월 온라인으로 열린 세계보건기구의 제10
차 건강증진국제회의와 제네바 선언의 주제가 웰빙(well-
being)이었습니다. 미국의 대표적인 보건의료 분야 비영
리단체인 로버트우드존슨재단에서도 웰빙을 주제로 한
단행본 시리즈를 내고 있다는 사실에 근거해 지구촌 곳
곳에서 건강과 웰빙 사회(well-being society)가 화두로 일
어났습니다. 이에 정신건강, 사회적 웰빙과 형평성에 대
한 논의가 계속되었고 코로나19 유행 이후 회복력 있는
사회의 중요성에 대한 강조가 주를 이루며 해를 거듭할
수록 더욱 일상화되었습니다.

  또한 OECD국가 중 자살률이 높고, 입시와 경쟁으로
인한 청소년의 정신건강문제, 1인 가구 증가로 인한 외
로움의 문제, 사스, 메르스, 코로나19 등 신종 감염병으
로 인한 스트레스 우울감 등은 장애·비장애 문제만이
아님은 주지의 사실입니다. 이러한 문제의 해결을 위해
서는 정부나 지방정부 그리고 현장에서의 우리의 삶과

일상을 바꿔 나가는 다층적 접근이 필요합니다. 그러한 노력이 성과를 이루어 낸 곳이 전문예술단체 〈장애인인식개선오늘〉입니다. 전문예술단체 〈장애인인식개선오늘〉에서 일련의 노력으로 이어 온 '대한민국장애인창작집발간' 사업은 장애인의 창작활동을 지원하고 장애인문학의 대중성을 확보하는 선구적 혜안의 선택이었습니다.

2022년 전문예술단체 〈장애인인식개선오늘〉은 제17회 대한민국장애인문화예술대상 최우수상인 국무총리표창을 수상하는 뜻깊은 성과를 거두었습니다. 장애인문학의 성장을 이끌어내고 장애인문화운동의 대중화와 장애·비장애 소통을 위해 《문학마당》을 지속적으로 발행해 온 꾸준한 노력의 결과입니다. 이러한 장애인문학 창달에 공로가 있어 표창한다는 공적 사실은 대전광역시와 재)대전문화재단의 장애인창작활동지원사업이 공적인 기록으로 남겨지는 빛을 발하게 되었습니다. 이로써 타시도 지방정부와 비교해 대전광역시가 장애인문화운동의 중심이자 거버넌스 구축의 현장임에 분명해짐은 물론이고 사업의 지속성과 더한 노력이 각별하게 요구되며 큰 비전을 통해 새로운 성과를 모색해야 되는 시점에 이르렀습니다.

그동안 전문예술단체 〈장애인인식개선오늘〉은 '사회

적 가치'에 관한 학술적 접근을 시도했고 한국 사회적 경제, 사회적 가치, 공유경제, 공유재로서의 장애인문화운동의 성과를 드러낸 중요한 연구분석 결과물과 2022년 창작집 4종 4,000권을 발행했습니다. 결국 이는 이해당사자인 장애인들의 권익의 문제이고 '사회적 함의'를 통한 장애인인식개선을 위한 장애인문화운동임이 분명합니다. 참여한 모든 이들의 치열한 노력이 비록 민·관의 밑빠진 독에 물붓기의 지난한 노력이라 할지라도 공공의 선을 위한 눈물겨운 약속이자 어려움과 고통을 견디는 뜨거운 사회공헌이었음을 밝힙니다.

2022년 12월
전문예술단체 〈장애인인식개선오늘〉
대표 박재홍

　시는 건축물과 같습니다. 기초가 중요하다는 것이지요. 저의 고민이기도 합니다. 문인들이 흔한 세상이지만 정작 시인에게는 시 한 편을 쓴다는 것으로 때로는 잠 못 이루는 백야의 시간이 임재하기도 합니다. 이를 산고에 비유하기도 하지만 나의 시농사(詩農事)는 행복의 여정이었습니다. 한해가 저물어 가는 중에 기쁜 소식을 받았습니다. 시인의 말을 요청하셔서 이제야 묻어둔 시간이 밝은 곳으로 나올 수 있나보다 했습니다. 주최 기관인 전문예술단체 〈장애인인식개선오늘〉과 심의에 참여하신 심사위원님들께 진심으로 감사드립니다. 또, 장애인창작활동지원사업을 후원하는 문화체육관광부 · 재)한국문화예술위원회 · 대전광역시 · 재)대전문화재단에게도 감사드립니다. 장애인창작활동의 지속성 담보를 위해서라도 이러한 창작활동지원사업은 장애인 문인들에게 큰 의미가 있다고 사려됩니다. 다시 한번 감사드립니다.

2022. 12.
백국호

지리산 성삼재에서 만난 섬

차례

1부

상사화
— 영광 불갑사에서

바람은 말한다 홀로 우는 것
그것만이 진실한 사랑이라고

이 가을 비로소 깨닫는다
홀로 울어보지 않고
붉어가는 꽃은 없다는 것을

담쟁이 넝쿨

한 칠팔십 년 가야 할 길이라면 좀 느릿느릿 걸으면 어떤가 그길 가끔은 흐린 날도 있었다 눈비 좀 맞으면 어떤가 우산 없이 살아보지 않고 어찌 훗날 인생을 말할 것인가 비록 손 잡아주는 이 없는 어둠을 걷지만 어차피 인생은 홀로 가는 것이다 누구에겐들 이런 목마른 길 없을까 이런 가시밭길 없을까 좀 천천히 걸으면 어떤가

천불천탑 이야기

있는 것처럼 보이는 게 없기도 하고 없는 것처럼 보이는 게 있기도 하고 살다보면 착각과 혼돈은 하나이기에 그는 우리에게 오히려 살아가는 의미가 되기도 한다고 믿는다 천 탑을 쌓겠다고 산더미처럼 쌓아놓은 저 돌처럼 되돌아서거나 빈 행랑을 짊어지기에는 나는 너무 먼 길을 온 건 아닐까 나의 촛불은 아직 꺼지지 않았다 아직도 시간이 남아있고 저 돌이 남아 있으니 우공이산(愚公移山)이라고 했지 않은가 그래 남은 시간 더 탑을 쌓는 거야 그냥 빈 손으로 되돌아 갈 수는 없는 거야 착수가 곧 성공이라고 하지 않았던가 내가 뿌린 풋 익은 이야기가 붉어질 때까지

그냥

누구에게나 인생은 한 번 왔다가는 것이라고 쉽게 지나쳤지 그런데도 언제부터인가 종일 절뚝거리며 뒤를 따라오는 내 그림자 그를 끌어안고 그냥 한 번 목놓아 울고 싶었다 이유도 없이 그냥

구름

날마다 어디를 그리 가는지 나도 그냥 한 번 괴나리봇
짐 지고 길을 떠나고 싶다 따라 가는 사람이 행선지를 물
어 무엇하며 길동무가 좋아 나서는 사람이 오늘밤 어느
곳에 닻을 내릴 거냐고 행여 밀물이 여지껏 써온 이야기
를 지운다면 조금은 서툴러도 엽서체 글씨로 가슴 깊은
곳에 남은 이야기 한 줄을 연 꼬리마냥 늘어 놓고 너를
사랑하기 위해 나는 이 언 땅에 발을 딛었다고 들려주고
싶었다

눈사람

나는 소설(小雪)이나 대설(大雪)이 다가올 무렵이면 사립문을 열어 둔다 해마다 한두 번은 잊지 않고 예고없이 이 두메산골을 들려주는 친구가 있기 때문이다 산을 넘고 밤길을 걸어 고작해야 두어 밤 머물다 갈 걸 그는 올해도 찾아왔다 고맙네 친구 우리 얼마만인가 늘 자네가 가슴 한 켠에 초승달로 떠 있었지만 문을 열지 못했네 못난 친구를 이해해주게나 오늘밤은 술상에서 이야기가 마를 틈이 없겠다

문자메시지

카톡을 보내고 문자를 보내도
아무 답이 없다

마음에 우표 한 장 붙이는 게
이렇게 힘이 드는 걸까

종종 비가 내린다
그런데도
밭이 말랐을까

눈

눈 내리는 날은 눈 내리는 날은
그대에게 달려가고 싶다

싸리재를
싸리재를
저 눈처럼 넘고 싶다

동백꽃

여보 당신은 동백이야

밤마다

내 안에 붉게 피는

꽃이야

사랑

그리움 가득한
가슴
거기에 분꽃을 심어야겠다

별이 손짓하는
밤마다

폭설

그대여
한 백 년쯤 헤어나올 수 없게
나를 묻어주오

깊이
더 깊이

낮달

저 달도 낮술을 걸친다

한잔하고 싶었을까

넌지시 술상을 기웃거리며

나도 궁금해지고

공중의 대(臺)를 오르고 있었다

아내

아내가 뿔났다

장미처럼 웃던 얼굴
그 어디에 두고

찌를까봐 눈치만 보며
슬슬 뒷걸음친다

가뭄

논도 어머니 가슴도
쩍쩍 갈라지고 있다

바람아 구름 좀 데리고 오렴
강 건너 주막에서
막걸리 한 잔 사줄게

소이부답(笑而不答)

무엇을 말하러 왔다가 홀로 웃으며 되돌아가는가
어이, 인생이란 게 다 그렇고 그런거 아닌가

*소이부답-이백(李白)의 산중문답에 나오는 구절

광한루

벚꽃이 광한루원 주위를 흐드러지게 수 놓은 날
호기롭게 춘향을 만나러 갔다

이도령의 어사시(御事詩)가 어떻다느니
월매하고 막걸리 한 잔 나누어야 하겠다느니
광한루 주위에 추어탕집이 몇십 군데나 된다느니
등등을 잠시 주차장에 두고

춘향과 향단이
월매
모두다 코로나19로 피신 가고
잉어하고 원앙이만 광한루 앞을 통째 차지하고 살판났
다
어어 이것이 웬말이여

코로나19는 변사또나 가질 일이지
남원 고을에 웬일이여
춘향이와 한잔하려던 꿈을 접고

추어탕집으로 소주 한잔하러 간다

가끔 우리는 메마른 땅에 물을 준다
세상은 다 변해도
우리 우정은 고목에도 꽃이 핀다

다뉴브강에서

2019년 5월 19일
아름다운 헝가리 다뉴브강에서
유람선 충돌사고가 일어났다
한국인들이 많이 탑승한 배가 전복된 것이다

그렇게도 침묵으로 흐르던
강물이 삼킨 꽃들
아름다운 다뉴브강 유람선을 탔다가
남은 꿈을 다 펼쳐보지도 못하고
묻은 이름들

누가 그들의 끊긴 이야기를 이을 수 있을까
거세게 흐르는 저 강 어딘가에서
들려오는 것만 같은
가족을 향해 부르는 영혼들의 외침
목이 쉰 그들의 노래

그들의 넋이라도

고향에 돌아가기를
두 손 모아 빌어본다

시골살이

어디가면 뭐 별거 있나요
세상사 다 거기서 거기 아닐까요
누구는 한 끼에 두 그릇 먹나요
고기 먹고 산다고 백 세 살고
채소 먹고 산다고 오십 세 사나요
인명은 다 재천(在天) 아닌가요

욕심이야 천금을 가지고 가고 싶지만
만 원짜리 하나
못 들고 가는 거 아닌가요
나보다 서울로 오라고 하지만
이 산하고
이 들하고 정들어서
팔자려니 하고 눌러 삽니다

아침이면 동산에서 고개를 내미는 해
밤이면 소쩍새가 느티나무 숲에서 우는 곳
때로는 까치, 어치, 뻐꾸기

이 놈들이 왜 그리 정들게 하는지요

아직도 내 부모님의 지게와 호미가 있는 곳
여기에서 태어났으니
이 산등을 베고, 달을 보며 잠들면
그것 또한 행복 아닐까요

2부

사랑2

쌓은 그리움이 가뭄에 바닥이 드러났다 달은 누구를
만나러 밤을 걸어가고 있을까 같이 걷던 강은 누구를 만
나러 천 리 길을 시작하는 것일까

나도 길을 떠나고 싶다 고이 접어둔 사연 몇 장 들고

구시포 해수욕장

엊그제 당신과 내가 구시포 백사장에 쓴 시 나눈 눈빛
을 파도가 덮는다 어둠이 덮는다 바람은 날마다 심술을
부리고 해묵은 발자국 위에 세월은 꽃씨를 심어주지 않
는다 귀를 두드려주지 않는 발짝 소리 점점 돋아나는 잡
초 우리가 꽃을 가꾸던 그 길에서 들리는 이야기다

수원에서

내일 어느 오일장에 팥죽을 팔러 가려는지
옆 친구가 팥죽을 쑨다
후-드르렁
휴-드르렁
밤내 들려오는 코 고는 소리

꿈길에 산 너머 주막에 주모를 찾아가는 건지
강 건너 과부댁을 찾아가는 건지
김선달의 낭만은 깊어 가는데
나는 부질없이
노만 젓는다
밤내

꽃

여보, 우리도 저렇게 한바탕 웃어 보게요
'고장 난 벽시계'가 되기 전에

바람에게

오며가며 나의 잔가지를 물들여놓고
너는
슬금슬금 울타리를 넘는구나

장기(將棋)

초(楚)와 한(漢)나라 군사가 서로 제갈량 작전을 수립하여 상대의 왕을 생포하려고 장기판 위에서 다투는 것이다 적의 졸개를 잡고 장수를 잡고 끝내는 왕을 잡는 지금껏 전해 내려오고 오늘을 잇는 게임이다 바야흐로 선거철이 돌아왔다 심심치 않다

썰물

가슴에 밑줄 하나만 그어달라는
애원을 뿌리치고
냉정하게 손사래치며
너는 문을 닫는구나

부부

　우리는 처음엔 해바라기였고 조금만 떨어져도 서로 덩굴손을 내밀던 나팔꽃이었다가 나이 들며 색깔이 바래거나 부부싸움을 하는 것도 아닌데, 한 사오십 년 살다보니 자다보면 서로 등을 돌리고 있더라 팔이 아프다고 날이 덥다고 그런 핑계로 얼굴 붉어지지 않게 우리는 이빨 빠진 해바라기가 되어간다 서리 맞은 나팔꽃이 되어간다 여보 우리 새로 해바라기도 심고 나팔꽃도 심자구요

술 한 잔

소주 한 잔을 놓고
우리는
어느 산장에서 들꽃처럼 웃고 있었다
주제도 없고
토론도 없고
우리가 무슨 주제를 가지고 여기에 왔던가
어느 날 바람 따라
풀꽃들 곁에 태어난 것 아닌가

살다보면 때로는
채우는 잔이 서론이 되고
비우는 잔이 본론을 지나
결론이 되는 날이 있다
생각해보면 무얼 남길 것도 없지 않은가

우리가 걸어왔던 길
거기에 꽃씨나 두어 줌
뿌려두고 가자고

상사화 2

누구에겐들 아픔 한둘 없으랴마는 그리움으로 잠 못
이뤄보지 않고 어찌 사랑을 말할 수 있을까 나의 밤은 홀
로 흐느껴 우는 일 뿐이었다

종점

오늘 하루도 서서히 저물어 갑니다
내일도 그렇게 하루가 오고 또 갈 것입니다
흰머리만 두어 개 더 심어놓고
누구는 염색을 하라고 하지만
세월에 물을 들이지 않는다면
다 부질없는 짓입니다

거부할 수 없는 것들 그건 받아들이기로 하였습니다
위장막 안에 숨는다고 염라대왕이 봐줄리 없고
나이 들수록 천명을 받아들일 것입니다
종점은 아마 서너 고개쯤 넘으면 있는 것 같습니다
내가 비록 백수(白壽) 99세를 가지 못하여도 좋습니다
항상 웃으며 여행 떠날 준비를 하고 있습니다

더 이상 흐트러지지 않고
골인 지점을 통과하는 모습
그 하나면 충분합니다

임진강에서

강 하나를 건너지 못하고
서 있는 바람
주저앉아 있는 편지
사연마다 강이 되어 흐르고 있다

산새와 노루도 오고 가는 길
손을 내밀면 닿을 것 같은
부르면 뒤돌아볼 것만 같은
여기서 한 뼘도 더 갈 수가 없구나

등 돌리고 살아온 세월은
산이 되었다
세월 속에 묻은 눈물은
강이 되었다

누가 이 다리를 가로 막고 있는가
이 강을 목 조이고 있는가
이제 마주보고 걸어가야 한다

손잡고 흘러가야 한다
인정해야 한다

겨울나무

한 송이 꽃을 피우려면
겪어야만 하는 고통
오늘밤 웃고 있는 사람들
그들이 겪어야만 했던
혹한기
겨울나무는 듣는다
저 멀리서 다가오는 봄의 발짝 소리

세사(世事)는 다 그런 것이다
누구에게나 늘 봄만 있는 것은 아니다
청춘이 있고 노년이 있고
꽃이 있고 엄동이 있고
누구에게나
봄만 있는 것은 아니다
겨울을 어떻게 건너느냐
누가 먼저
얼음을 깨고 강을 건너느냐
거기에 인생의 승패가 있다

카페에서

아메리카노 한 잔을 놓고 너를 기다린다 오지 않으리란 걸 예상하지 않은 것은 아니지만 그래도 너를 기다린다 이보다 더 가슴 두근거리는 일은 없기에 눈은 자꾸만 입구를 바라본다 뜨겁던 찻잔 안의 기다림은 차츰 식어가고 눈빛도 시들어가지만 너의 이름은 내 안에 서서히 군불을 지핀다 너는 분명 내 안에 있다 동백의 얼굴로 매화 향으로 기억되어 이 밤 너는 나의 꿈길을 걸어올지도 모른다 눈꽃을 밟으며

삶이란

행복이 무엇인가 화두 하나 풀려고 가시덤불 헤치며
평생을 하루같이 헤매었다 만사(萬事)는 일체유심조(一切
唯心造)라 내 맘 안에 있더라

정도리 구계등

살다보면 어찌 다툼이 없으랴 몇천 년을 살거라고 눈만 뜨면 아등바등 그러는가 인생 백년 순간이라네 저 몽돌처럼 오순도순 모나지 말고 살아가세

복수초

눈 속에서도 복수초는 피던데 내가 이토록 기다리는 봄은 아직도 잠들어 있는 걸까 사립문 여는 소리도 들리지 않는다 기다림을 쌓지 않고 만날 수 있는 봄은 없다 오랜 기도 없이 만날 수 있는 꽃은 없다 꽃 한 송이도 사랑이 뜨거운 자리에 뿌리를 내린다 한겨울의 추위도 눈빛이 따뜻한 곳에 스스로를 묻는다

그림자

　먼 길 절뚝거리며 사는 나를 따라 오느라고 참 고생 많
았구나 저기 주막에서 막걸리나 한잔하고 가자꾸나 쌓으
려면 허물어지고 쌓여지다 말고 허물어지고 탑 하나 쌓
는 게 어찌 그리 욕심대로 되던가

3부

7월

6월의 꼬리를 밟으며 밀짚모자 쓰고 7월이 온다 누구
는 겨울이 좋다하고 누구는 봄이 좋다지만 나는 7월이
좋다 차갑거나 미지근한데서 그 무엇이 영글어가랴 땡볕
아래 벼가 자라고 포도나 사과가 살쪄가는 7월 뜨겁지
않고 그 무엇이 이루어지랴 사랑이나 삶 또한 뜨겁지 않
고는 이루어지지 않는다 하물며 연탄 한 장도 하루라도
더 뜨겁게 살다 가려고 이 세상을 아궁이 속에서 달아오
르는 것이다

밤

    사랑시를 쓰겠다고 모아둔 메모지를 뒤적인다 연필을 들었다 놓았다를 반복하다가 시간만 흐른다 뜨거운 여름을 지나지 않고 고추가 익거나 사과가 붉어지던가 나는 사랑이라는 촛불을 켜놓고 오뉴월 볕보다 더 뜨거운 길을 가고 있는가 밤내 그리움이 내 곁에서 뒤척이고 있다 내일은 모닥불처럼 타오르는 사랑시 그런 시 하나 써 보아야겠는데

바람재

젊음을 숨가쁘게 달려왔다 이제 남은 건 두어 고개뿐
인데도 욕심을 채울 수가 없다 오늘도 허기진 하루를 안
고 어둔 바람재를 넘는다

영산강에서

달 하나 가슴에 안고
이 밤
정처없이 흘러가고 싶다
내일모레쯤 필
분홍 꽃꿈
하나
들고

술

몇 잔은 나를 나로 만든다

허울을 벗고
내가 나로 살아온 게
얼마나 되던가

나는 나로 인하여
그런 못난이로 살고 싶었다

지금 이 순간 오랫동안 썼던
허물을 벗는다

껍데기만 남은 나를 세상은
친구로 대해주어 고맙지만

돌탑을 쌓아가는 사람들

노고단, 성삼재에서 뱀사골로 내려오는 길목
하늘 아래 첫 동네
심원마을

모두 다 돈과 벼슬 도시가 좋다고 할 때

지리산의 숲과 산그늘이 좋아서
세상을 뒷걸음쳐 온 사람들
계곡물처럼 살고 싶었던 이들이
살고 있다

사랑하는 사람과 저 바위처럼 뿌리를 내리며
돌탑을 쌓아가는 사람들
그들이 오순도순 삶을 채색하고 있다

제주 형제섬

언제부터 우리는 형제를 잃었을까 된장국 한 그릇도
나누지 않는 나만 배부르면 되는 삼강오륜이 바닥난 세
상 그런 세상이 되었을까 심지어 한국 형제들끼리 소송
이 잦아지고 있다 그런 세상에서 아우가 형 곁에 살겠다
고 집을 짓고 형은 울타리를 허물어 '형제섬'을 이루었
다 나도 저런 섬이 되고 싶다

잠

잠이 오지 않는다 눈꺼풀을 닫는 일이나 잠들지 않는 사랑을 잠재우는 일 그건 바위를 들고 있는 것보다 더 힘 겨운 일이다

백양사역 앞에 있는 일번지

  그래 돈을 벌어도 나와 친한 사람이 벌고 한 잔 쏠 친구가 벌어야 해 무덤까지 가지고 가봐야 흙 한 삽만도 못할 걸 굳이 저승사자 오도록 움켜쥐고 있지만 그 누가 수의(壽衣)에 주머니를 달았던가 친구 고마워 오늘은 자네가 쏘았는데 다음엔 나도 한 잔 쏠게 우리 종종 만나 일번지를 흔들자고요 기둥 하나쯤 흔들거릴 때까지

유채꽃

　고난이나 추위 누구에겐들 없었으랴 그런 다리를 건너지 않고 어떻게 인생을 말할 수 있겠는가 오늘 내가 이렇게 웃고 있는 것은 비바람에도 쓰러지지 않고 달려온 선물이다 웃음은 언제나 이렇게 말없이 온다 이고지고 온 삶 잠시 여기 내려놓고 저처럼 한바탕 웃다 가야겠다
'우리가 살면 백 년을 사나'

여수 유람선에서

바다야 나 좀 안아줘 너의 그 가슴을 열어

단풍

당신과 내가 엊그제 나눈 귓속말 그 말도 저렇게 붉어
가고 있을까 살아가는 동안 우리 잊지 말아야 할 것은 하
루하루 더 익어가야 한다는 것이다

소나무

어제 내린 눈 위에 밤내 또 눈이 내린다 세상이란 게 그런 것이다 지고 일어날 수가 없는데도 세상은 또 가지가 휘어지도록 짐을 얹는다 누군가는 함박눈이 쏟아진다고 싱글벙글 웃겠지만 누군가는 눈이 그칠 때까지 울어야 한다 이 밤 홀로 버거운 짐을 지고 끙끙 고개를 넘는 사람이 있다 가장(家長)이라는 이름 때문에 땀 닦을 시간도 없다 그에게 소주 한 잔을 따르고 싶다

장미 2

사랑은 가시도 예쁘다 가시를 사랑할 줄 알아야
손잡고 종점에 이를 수 있다

강물 2

뒤따라가면 뒤돌아보면서 너는 두어 걸음 더 멀어지지
만 언젠가 우리는 다시 만나겠지 섬진강이나 순천만 어
귀에서 갈대꽃이 너를 부르고 또 나를 부르는 어느 늦가
을쯤

건배
— 호주 골드코스트 sea food식당에서

바람이 나무를 흔들 때 소주가 나를 흔든다
이국의 예쁜 누나가 나를 흔든다

발자국

눈이 세상을 모두 덮었는데도
지금도 눈 뜨고 있는

너와 나의
어젯밤
이야기

4부

지리산 성삼재에서 만난 섬

당신과 나는 전생(前生)에 저런 섬이었을까
눈 뜨면 마주보고 살던

냇물

　처음 길을 나설 때는 천 리 길을 가려면 머뭇거리거나 우유부단해서는 안 된다는 마음 하나로 문을 나섰다 그러나 세상살이가 그렇게 수월하던가 가시투성이요 진흙탕이 널려있지 않던가 바위에 부딪히거나 늪에 빠지는 게 다반사 아니던가 첫 마음을 꺾으려는 온갖 유혹 나약해지고 여위어가는 초심 그냥 뱃머리를 되돌리고 싶은 고개 숙인 기개 초라하기 짝이 없는 의지 하늘을 보니 그믐달도 보름달이 될 수 있다고 밤내 길을 가는데 어느 여울을 지나면서 뒤돌아본다 고집스럽게 길을 가지 않고 누가 깃발을 꽂을 수 있었던가 몇 고개쯤 넘고 몇 구비쯤 지나면 나도 어느 강어귀에서 반걸음을 쌓을 때마다 자라나던 용기에 대하여 이야기할 수 있으리라 쓴잔을 마셔보지 않고 어찌 훗날 달콤함을 알랴 나만 가시에 찔리며 가는 건 아니다 누구의 앞길에나 그런 고초쯤은 널려 있는 것이다 '껄껄 한 번 웃는 것' 그게 수없이 가시에 찔린 뒤에 오는 것이다

새벽

　시작은 누구에게나 이렇게 경건한 것 첫삽을 뜨는 일
에 두 손을 모으면 한 발을 내딛는 일이나 또는 씨앗 하
나를 심는 일 그런 일들이 가슴 깊은 곳에서 정화수(井華
水)를 길러 기원하는 그런 신성한 일이 아니면 안 된다는
것을 비로소 알게 된다 종자를 넣는 일이 한 생명을 수태
하는 순간과 무엇이 다르랴 내가 이 새벽을 열며 두루마
기를 입고 갓을 쓰는 것처럼 하루를 맞는 건 신부가 신랑
을 맞듯 그렇게 시작해야만 되는 일이다 머지않아 눈앞
에 펼쳐질 해돋이 그 서사시 한 편을 포란(抱卵)하는 일
모든 시작은 다 그런 엄숙한 일이다 다 그런 무거운 일이
다 하루를 여닫는 다 그런 것이다 씨앗 하나가 발아하는
일이 백일기도 위에 펼쳐지는 일이다 하루를 가는 쟁기
질이 그런 사유를 묻고 캐내는 것이라면 이 새벽은 정갈
하게 몸을 씻고 맞을 일이다 저 어둠 속을 걸어오는 태양
또한 그렇게 동창(東窓)을 열고 오리라

편지2

어머니 어버이날이 다가오는데 꽃 한 송이 드릴 길 없고 오늘은 편지 한 장을 부칩니다 바람과 구름이 저의 소원을 한번쯤 들어주리라 믿습니다 생자필멸(生者必滅)이라고 하였으니 이 땅에 태어났으니 죽음 또한 당연히 받아들여야 되겠지요 그러나 지팡이를 짚고 꼭 들어오실 것만 같고 찐빵가게를 지나칠 때면 꼭 어머님이 집에 계실 것만 같습니다 저 빵을 사가야지 하고 가게를 들여다보며 그때마다 '박인로의 반중 조홍 감이 고와도 보이나다' 그 시조를 썼던 심정을 헤아려보게 됩니다 이제 울어본들 무슨 소용 있겠습니까만 후회만 남아 있습니다 눈이 펑펑 쏟아지면 꼭 찐빵하고 만두 사가지고 가겠습니다 새로 사귄 저승 친구분들과 나누어 드십시오 어머니 불효자를 용서하십시오

길

가끔은 술 한 잔을 주거니받거니 하며 당신과 마주앉아 지난날을 펼쳐놓고 씽긋 웃어보고 싶어 나만 자갈밭을 일구며 고생했다고 투덜거릴 필요는 없어 지나고 보면 다들 그렇게 살아가는 것 그게 세상살이니까 산길을 만나면 구불구불 돌아가고 웅덩이를 만나면 머물렀다 가는거야 좀 더 천천히 가는 거야 조금 더 살려고 안달하지 말고 우리의 방식대로 사는 거야 주제에 너무 메달리지는 말자고 욕심이야 날마다 곱하기나 더하기만 하고 싶지만 그건 부질없는 짓일지도 몰라 다들 달리는 곧은 길 그건 실수하기 쉬운 거야 곡선 없는 삶 그건 때로는 지루하고 따분한 거야 뒤돌아보며 쉬엄쉬엄 가자고 그리 서두를 이유도 없지 않은가 남몰래 울어보지 않고 핀 인생은 단맛이 없어 눈보라를 맞으며 긴 겨울을 건너온 들꽃들 그들의 생(生)은 얼마나 아름다우며 귀감이 되는가 지루하면 재를 넘을 때마다 잠시 쉬었다 가자고

벚꽃

꽃이 다 지기 전에 털어놓아야겠다

당신 아래 오면 그냥 행복하다고

두어 밤 이 꽃그늘에서
잠들고 싶다고

지리산 성삼재에서

더 이상 오를 수 없다 장애인인 내 능력의 한계는 여기
까지다 안개가 노고단을 덮는다 덥석 주저앉는다 '오르
지 못할 나무는 쳐다보지도 말라고 하였던가' 짙은 안개
는 노고단을 가리고 나침반을 잃고 나는 허우적거린다

섬진강

진안 팔공산에서 임실 장군목 요강바위에서 산수유골
에서 천은사에서 밤길을 나선 산골물들이 서로 어깨동무
를 하여 드디어 강을 이루었다 모래톱을 지나고 웅덩이
를 지나고 여울을 지날 때마다 손잡고 다진 약속 그 다짐
은 목마른 농심(農心)을 적셔주고 나룻배를 띄운다 우리
를 기다리는 강 늘 베풀며 살아온 섬진강 그 강의 젖을
먹고 자라온 은어, 강굴, 재첩 남해(南海)에 이를 때까지
우리 흥얼흥얼 농요(農謠)를 부르며 어울려 가자

장성요양병원

　열흘 붉은 꽃이 없다고 하였지요 엊그제 그 붉던 젊음
은 어디가고 빛바랜 꽃들이 동산을 이루고 있습니다 자
식들이 이을 수 없는 끈 붙잡을 수 없는 해넘이 종일 효
도라는 두 글자를 들고 있지만 다가갈 수 없는 길 '코로
나19'가 문병까지 막고 있습니다 어머니의 이름을 내려
놓지 못하고 있지만 불효자를 용서하십시오 어머니 다음
세상에서 다시 한 번 모시고 싶습니다 어머니

모기

홀로 뒤척이는 밤 모기 한 마리가 앵앵 돌아다닌다 잡
으려면 도망가고, 도망가고 더불어 살자고 한다 조금만
보시(布施)하면 더불어 살아갈 수 있다고

패배

쓰리고 아프다 이 경기에서 누군가 하나는 쓴잔을 들어야 하겠지만 익모초즙을 마신 것처럼 쓰디쓴 맛 누가 알까 이번엔 자네가 양지를 밟았는데 다음엔 내가 양지를 밟을 걸세 땀으로 음지를 탈출할 걸세 내가 동전의 앞면이 되어보려네 나도 나팔꽃처럼 하하 한 번 웃어보려네 나팔꽃처럼

인생

바람 따라 왔다가 바람 따라 가는 것 천탑(千塔)을 쌓겠
다고 돌더미만 모아놓고

코뚜레

월급만 타먹고 저기 저 빈둥거리는 놈들 내일 장에는
코뚜레나 몇 개 사 와야겠다 일하기 싫으면 밭갈이라도
시켜야지

영산포 홍어거리

이 냄새에 끌려서 우리는 또 온다 콧속을 톡 쏘는 이
맛 막걸리 한 잔을 놓고 보니 근심은 영산강에 쓸려가고
우정은 술잔 속에서 익어 간다

첫눈

쌓인 눈이 빈 원고지 같다

당신이 내 안에
첫 발자국을 찍어주던
그날처럼

나도 눈 위에
시 한 줄을 쓰며
당신에게 간다

행복

밤내 내 안에 떠 있는 그리움 하나
그믐달처럼

민들레꽃

나는 아무 데서나 당신의 복소리만 들리면 멈추어 섭
니다 그곳이 나의 보금자리가 됩니다 당신이 오가는 길
거기에 주춧돌을 놓고 기둥을 세우고

백국호 시집에 내재된 텍스트적 내용에 관한 탐구

— 시집 『지리산 성삼재에서 만난 섬』 중심으로

박재홍 | 시인 · 문학마당 주간

프롤로그(prologue)

백국호(75) 시인은 월남전에 참전하여 전상으로 인한 1급 상의군경이다. 그의 여섯 번째 시집 『지리산 성삼재에서 만난 섬』은 전문예술단체 〈장애인인식개선오늘〉이 주최하고 문화체육관광부와 대전광역시 · 재)대전문화재단이 후원한 장애인창작활동지원사업의 공모를 거쳐 선정된 '대한민국장애인창작집'이다. 전문예술단체 〈장애인인식개선오늘〉은 지금껏 71종 74,000권 127명의 중증장애인 창작집 발간과 세종도서문학나눔 우수도서 8종의 선정을 통해 한국 장애인문화운동의 거버넌스를 구축하여 명실공이 장애인문학의 독자성과 대중성에 역사성을 이어가고 있다. 이에 장애 · 비장애 문학 발전에 공로를 인정받아 2022년 대한민국장애인문화예술대상 최우수상 국무총리표창을 받은 바 있다. 이러한 장애인 문화운동으로서의 문학적 사회적 가치에서 생산된 백국호 시집『지리산 성삼재에서 만난 섬』의 여로를 동행해 보기로 한다.

들어가기

플라톤이 살던 고전 시대의 헬라인들은 호메로스의 『일리어드와 오딧세이』를 통해서 거기에 등장하는 영웅들이 보여주는 감정과 말, 행동으로부터 신과 인간의 관계성으로 세계에 대한 일차적인 이해를 만들어 갔고 그 속에서 인간이 어떻게 자신의 행위와 삶의 주인이 되어야 하는지를 경험했다. 백국호 시집『지리산 성삼재에서 만난 섬』에서는 전쟁의 경험을 통해 장애를 겪었고 장애·비장애의 경험을 통한 현실적 몇 가지 현상의 이슈를 작품을 분석하는 과정에서 일련의 확인을 할 수가 있었다.

백국호 시인은 고령이다. 또, 일반사람들이 보면 고지식하고 시인들에게서 보이는 애국심 강한 사람이다. 뿐만 아니라 월남전에 참여하여 거기서 얻은 전상으로 인한 장애를 갖게 되어 장애·비장애의 경험을 통한 작품에서 보여지는 살아온 삶에 대한 깊은 통찰력을 엿볼 수 있다. 그러던 중에 작금의 현대 사회는 그가 알던 보편적 사회의 단순함에서 노마드 시대에 이르렀고 사회는 이미 기존의 소유 개념에서 공유 개념으로 변화해 버렸다. 한 번 생산된 제품을 여럿이 공유하여 사용하는 협업 소비를 기본으로 하는 경제를 말하고 있는 현재에 살고 있는 것이다.

한 칠팔십 년 가야 할 길이라면 좀 느릿느릿 걸으면 어떤가 그길 가끔은 흐린 날도 있었다 눈비 좀 맞으면 어떤가 우산 없이 살아보지 않고 어찌 훗날 인생을 말할 것인가 비록 손 잡아주는 이 없는 어둠을 걷지만 어차피 인생은 홀로 가는 것이다 누구에겐들 이런 목마른 길 없을까 이런 가시밭 길 없을까 좀 천천히 걸으면 어떤가

— 담쟁이 넝쿨(전문)

누구에게나 인생은 한 번 왔다가는 것이라고 쉽게 지나쳤지 그런데도 언제부터인가 종일 절뚝거리며 뒤를 따라오는 내 그림자 그를 끌어안고 그냥 한 번 목놓아 울고 싶었다 이유도 없이 그냥

— 그냥(전문)

고착화된 사고 즉 진리 앞에서 사람이 더 존중되어서

는 안된다고 하면서 전통적 시가를 철학적 관점에서 비판하는 사회에서 살고 있는 오늘날, 장애를 가지고 살아온 여정의 삶의 여러 과정이 지난한 천형을 짊어지고 스스로 투철한 목적이 이끄는 삶을 살아온 날 수 보다 살아갈 날이 보이는 시적 방향성과 시인의 시선이 미래지향적일 수밖에 없어 돋보인다. 우리는 생애의 보편적 가치를 이해하고 나서야 비로서 이웃을 향한 이해의 손을 내밀게 되는데 시인은 그 가장 보편적인 서정성의 온기가 드러나는 작품성을 보인다.

여보 당신은 동백이야
밤마다
내 안에 붉게 피는
꽃이야
— 동백꽃(전문)

백국호 시인은 인생의 동고동락을 같이 한 아내에게 바치는 절창의 단시(短詩)를 통해서 극서정시의 전형을 보여주기도 한다. 나태주 시인의 서정에 맥이 닿아 있음을 볼 수 있다. 시의 치유적 기능이 선명하게 드러나는 대목이라고 볼 수 있다.

그리움 가득한

가슴
거기에 분꽃을 심어야겠다

별이 손짓하는
밤마다
— 사랑(전문)

　백국호 시인의 시에 근저에는 사람에 대한 깊은 사랑
이 건강하게 포진되어 있다. 이는 그가 문학을 통한 사회
적 가치의 행위를 보여줌으로써 더욱 선명해 진다. 그리
움을 꽃을 심는 행위 내려다보는 것만이 아닌 쳐다보는
발원에 이르는 동선의 대상을 향한 관념과 실체적 진실
에 직시해 닿아 있는 시인의 맑은 영혼을 가진 시심의 전
형을 보여주는 것이다.

　　초(楚)와 한(漢)나라 군사가 서로 제갈량 작전을 수립하여
상대의 왕을 생포하려고 장기판 위에서 다투는 것이다 적의
졸개를 잡고 장수를 잡고 끝내는 왕을 잡는 지금껏 전해 내
려오고 오늘을 잇는 게임이다 바야흐로 선거철이 돌아왔다
심심치 않다
— 장기(將棋) 전문

민주주의 꽃은 선거라고 한다면 그는 시민의 한 사람

으로서 즐길 줄 안다고 해야 하겠다. 그러면서도 해학적 사고의 이면에 역사를 관통하는 현재가 있는 것이다. 시인이 사회참여를 놓치면 그것은 민중이 곤고함에 빠지는 것과 다를 바가 없다. 시는 치유적 기능의 서정성과 촌철살인의 사회적 곧은 시선이 독자로 하여금 '사회적 함의'에 이르게 하는 깊은 통찰력을 배가 한다는 자명한 사실을 확인할 수 있었다.

우리는 처음엔 해바라기였고 조금만 떨어져도 서로 덩굴손을 내밀던 나팔꽃이었다가 나이 들며 색깔이 바래거나 부부싸움을 하는 것도 아닌데, 한 사오십 년 살다보니 자다보면 서로 등을 돌리고 있더라 팔이 아프다고 날이 덥다고 그런 핑계로 얼굴 붉어지지 않게 우리는 이빨 빠진 해바라기가 되어간다 서리 맞은 나팔꽃이 되어간다 여보 우리 새로 해바라기도 심고 나팔꽃도 심자구요
　　─ 부부(전문)

백국호 시인의 부부 사랑이 잘 드러나는 작품이다. 색이 바라지 않은 뜨거운 사랑이 일상에서 녹아들어 노년의 삶이 바라보는 희망적인 바람을 갖고 있는 것에 우리는 웃음을 준다. 함께한 삶이 아름다운 것은 그의 깊게 배인 삶에 대한 목적

행복이 무엇인가 화두 하나 풀려고 가시덤불 헤치며 평생
을 하루같이 헤매었다 만사(萬事)는 일체유심조(一切唯心造)
라 내 맘 안에 있더라
    — 삶이란(전문)

시인의 작품 속에서 드러나는 일체유심조의 사유체계
가 화두 잽이를 하고 가시덤불 같은 생을 헤쳐나오며 평
생을 하루같이 살아도 일체유심조라니 읽는 이로 하여금
내려놓는 것처럼 아름다운 것이 없다는 생각이 매만져
진다.

먼 길 절뚝거리며 사는 나를 따라 오느라고 참 고생 많았
구나 저기 주막에서 막걸리나 한잔하고 가자꾸나 쌓으려면
허물어지고 쌓여지다 말고 허물어지고 탑 하나 쌓는 게 어
찌 그리 욕심대로 되던가
    — 그림자(전문)

술 한 잔 마시고 돌아서는 귀갓길에서 자신의 모습을
만나는 중에 장애를 가지고 삶을 잇는 스스로에게 위로
하는 것도 비우는 자세이니 시적 언사를 통해 어쩌면 그
적멸의 과정이 우리 삶의 종점을 향해 있음을 보여주고
있었다.

젊음을 숨가쁘게 달려왔다 이제 남은 건 두어 고개뿐인데
도 욕심을 채울 수가 없다 오늘도 허기진 하루를 안고 어둔
바람재를 넘는다
　　— 바람재(전문)

그의 시는 단시에서 비롯된 임팩트가 강한 서사적이고
서정성이 짙은 시적 구조를 가지고 있다. 고향집을 향해
넘는 고개를 이제는 두어 해가 무상스러운데 욕심을 채
울 자신이 없다는 것은 지난한 삶의 방향성에 대한 깊은
탐미적 시각을 보여준다.

그래 돈을 벌어도 나와 친한 사람이 벌고 한 잔 쏠 친구가
벌어야 해 무덤까지 가지고 가봐야 흙 한 삽만도 못 할 걸
굳이 저승사자 오도록 움켜쥐고 있지만 그 누가 수의(壽衣)에
주머니를 달았던가 친구 고마워 오늘은 자네가 쏘았는데 다
음엔 나도 한 잔 쏠게 우리 종종 만나 일번지를 흔들자고요
기둥 하나쯤 흔들거릴 때까지
　　— 백양사역 앞에 있는 일번지(전문)

유년의 친구와 술 한 잔의 의미가 값진 것은 물질적 유
무가 아니라 함께 있다는 그 존재적 가치에 충만한 인생
이 느껴진다는 시인이 들려주는 살아온 날 수 만큼의 여
운이 큰 시라고 하겠다.

당신과 내가 엊그제 나눈 귓속말 그 말도 저렇게 붉어가
고 있을까 살아가는 동안 우리 잊지 말아야 할 것은 하루하
루 더 익어가야 한다는 것이다
　　— 단풍(전문)

그러면서 시인은 귓속말을 통해 들려준다. 더 익어가
야 한다고 삶은 더 영글어야 의미가 있다고 더 붉어지기
위해서 오늘을 사는 삶이 뜨거워야 된다고 말하고 있다.

　　사랑은 가시도 예쁘다 가시를 사랑할 줄 알이야
　　손잡고 종점에 이를 수 있다
　　— 장미 2(전문)

사랑은 가시도 예쁘고 가시를 사랑해야만 종점에 함께
이를 수 있다는 단순한 명제가 잠언처럼 귀하다. 이렇듯
시인은 단시를 통해 보여주는 시적 완성도는 시를 쓰는
이들로 하여금 서사의 방법적 선택이 가져다 주는 다양
한 임팩트의 취사 선택의 중요함을 잘 보여준다.

　　뒤따라가면 뒤돌아보면서 너는 두어 걸음 더 멀어지지만
　　언젠가 우리는 다시 만나겠지 섬진강이나 순천만 어귀에서
　　갈대꽃이 너를 부르고 또 나를 부르는 어느 늦가을쯤
　　— 강물 2

그렇다 시인은 노년의 삶이 앞서거니 뒤서거니 문제가 아니라 결국 만날 수밖에 없다는 필연적 사유체계를 가지고 있다. 삶은 그런 것이다. 예외가 없음으로 더더욱 그렇다. 백국호 시인의 시 속에는 세사에 비춰지는 너절함이 없다. 시인의 성품이 그렇겠지 짐작은 하지만 그런 면에서 삶에서 빚어지는 시적인 완성도가 높다.

괴테가 이탈리아 기행의 일부를 마치고서 37살쯤 한 말이다. "마침내 나는 이 세계의 수도에 도달했다"라고 말하는데 백국호 시인의 시집 『지리산 성삼재에서 만난 섬』에서는 비장애인이었을 때 자신의 모습과 장애를 가지고 사는 삶의 스스로에게 '여행한다는 것'은 자유롭고 소이부답하며 인생의 소확행을 즐기는 긍정적 세계관을 갖게 하지만 살아온 날 수보다 살아갈 날 수가 적은 삶을 내려놓고저 깊은 이해와 통찰력으로 직관력의 서정성이 깃든 시편을 직조해 읽는 이로 하여금 던져진 화두의 무게는 평범하지 않다.

눈이 세상을 모두 덮었는데도
지금도 눈 뜨고 있는

너와 나의
어젯밤
이야기

— 발자국(전문)

초발심에 관련된 노 시인이 들려주는 이야기다 백국호 시인의 시집 『지리산 성삼재에서 만난 섬』은 전체를 관통하는 주제가 지금 오늘이 너와 내가 나누던 어젯밤 이야기일 뿐 뜨겁게 오늘을 온전하게 견디고 살아내는 것이 중요하다는 메시지를 전체 작품집을 통해 말하고 있는 것이다. 이를 깨닫고 나면 비로소 한 편의 시를 만난다.

당신과 나는 전생(前生)에 저런 섬이었을까
눈 뜨면 마주보고 살던
— 지리산 성삼재에서 만난 섬(전문)

자본주의 발전 최종 단계에서 필요적으로 나오는 공유경제는 모든 경제활동을 판단하는 기준은 과거도 그랬고 현재도 '생산'이지 '소비'가 아니다. 백국호 시인의 작품을 통해 창작에 있어 '생산'과 '소비'의 관계성으로 현대의 사회적 가치의 공유재로서의 시적 확산을 생각하게 한다. 서사의 방법적 기능과 삶에서 시의 기법상 기능성의 일장일단에 대한 논의다. 짧은 단시를 통해 이렇듯 투명하게 전달되기 쉽지 않은데도 함축적이고 밀도있게 그것을 일상적으로 꾸미지 않은 단백함으로 풀어내고 있는 것이다.

 이런 점에서 백국호의 작품은 아리스토텔레스의 '니
코마코스 윤리학'에서 말하는 고전시대 윤리적 사유의
정점을 엿보게 한다. 이 시대 인간의 삶에 대한 이해는
시나, 연극, 조각과 같은 예술적 표현 양식을 포함하여
삶에서 경험되어진 철학적 반성을 통해 우리에게 전해지
고 있음을 알게 한다.